Die Medaille

Ludwig Thoma

Herausgeber: Culturea (34, Hérault)
Druck: BOD - In de Tarpen 42, Norderstedt (Deutschland)
Website: http://culturea.fr
Kontakt: infos@culturea.fr
ISBN:9791041948673
Veröffentlichungsdatum: FEBRUAR 2023
Layout und Design: https://reedsy.com/
Dieses Buch wurde mit der Schriftart Bauer Bodoni gesetzt.

ER WIRT MIR GEBEN

Komödie in einem Akt

Personen.

Steinbeißel, Regierungsdirektor.

Heinrich Kranzeder, Kgl. Bezirksamtmann.

Amalie, seine Frau.

Karl von Hingerl, Assessor.

Jakob Lampl, Metzgermeister.

Josef Hahnrieder, Ökonom.

Michael Sedlmaier, Ökonom.

Johann Grubhofer, Ökonom.

Josef Merkl, Ökonom.

Anton Häberlein, Lehrer.

Peter Neusigl, Bezirksamtsdiener.

Walburga Neusigl, seine Frau.

Babette,

Anna, , Dienstmädchen bei Kranzeder.

Salon bei Bezirksamtmann Kranzeder; geschmacklos tapeziert und möbliert. In der Mitte mehrere Tische zu einer Festtafel zusammengestellt.

Zelt: Gegenwart. Ort: Kleine Stadt in Altbayern.

Erste Szene

Bezirksamtmann. Seine Frau. Babette.

BEZIRKSAMTMANN. Babette, es fehlen noch zwei Stühle. Holen Sie zwei aus dem Schlafzimmer.

FRAU BEZIRKSAMTMANN. Die altdeutschen? Die geschnitzten?

BEZIRKSAMTMANN. Ja. Warum?

FRAU BEZIRKSAMTMANN. Was fällt dir ein? Das ginge mir ab, unsere Renaissancestühle!

BEZIRKSAMTMANN. Schon gut, schon gut. Babette, holen Sie die Sessel aus dem Büro.

BABETTE. Ja, gnä Herr. *Ab.*

Zweite Szene

Bezirksamtmann. Seine Frau.

BEZIRKSAMTMANN. Du bist heute so aufgeregt. Was hast du?

FRAU BEZIRKSAMTMANN. Frag noch! So eine Verschwendung! Zwei Gänse müssen in die Küche, der Weinkeller wird geplündert, vom Konditor wird eine Torte geholt. Und für wen? Für was?

BEZIRKSAMTMANN. Aber Amalia!

FRAU BEZIRKSAMTMANN. Sei ruhig! Meinen Salon muß ich abtreten, den Gang muß ich mir verschmutzen lassen. Und alles, weil der Herr Bezirksamtsdiener Neusigl die silberne Verdienstmedaille bekommen hat! Wo ist denn dein Orden?

BEZIRKSAMTMANN. Daß ihr Frauen so gar keine Vernunft habt!

FRAU BEZIRKSAMTMANN. Natürlich!Das ist unvernünftig. Meinst du, ich sehe nicht, wie dieses Pack mit jedem Tag hochmütiger wird? Die Neusigl findet es kaum der Mühe wert, mich zu grüßen.

BEZIRKSAMTMANN. Ja, aber ...

FRAU BEZIRKSAMTMANN. Kein aber! Diese subalterne Person darf sich das nicht erlauben.

BEZIRKSAMTMANN. Ich kann doch nicht die Frau meines Amtsdieners zur Rede stellen.

FRAU BEZIRKSAMTMANN. Kannst du nicht? Was kannst du überhaupt?

BEZIRKSAMTMANN. Amalia!

FRAU BEZIRKSAMTMANN. Schweig! Ist es vielleicht nicht wahr, daß dein eigener Amtsdiener dir vorgezogen wird?

BEZIRKSAMTMANN. Vorgezogen! Da hört sich doch ...

FRAU BEZIRKSAMTMANN. Ja, vorgezogen.

BEZIRKSAMTMANN *heftig*. Der Mann ist fünfzig Jahre im Dienst. Verstehst du nicht? Fünfzig Jahre. Er bekommt die Medaille nicht für ein besonderes Verdienst; er hat sie abgesessen, einfach abgesessen. Wie man das eben absitzt.

FRAU BEZIRKSAMTMANN. So? Und darum muß ich zusehen, daß du ein sündteures Festessen gibst, daß mir der Salon und der Gang verschmutzt wird. Das ist mir eine nette Logik!

BEZIRKSAMTMANN. Da wären wir nun glücklich wieder da, wo wir anfingen.

FRAU BEZIRKSAMTMANN. Du hast es scheinbar nicht vermocht, mich zu überzeugen.

BEZIRKSAMTMANN. Auf diesen Erfolg rechne ich schon lange nicht mehr.

FRAU BEZIRKSAMTMANN. Spotte nur! Das fehlt noch, um deiner Rücksichtslosigkeit die Krone aufzusetzen. Nicht bloß, daß du mich von der Frau deines Untergebenen mit Füßen treten läßt ...

BEZIRKSAMTMANN. Aber ...

FRAU BEZIRKSAMTMANN. Es ist so! Aber nicht genug damit, du verlangst sogar, daß ich niedrige Dienste leiste, um den Triumph dieser Kreatur zu erhöhen. Das ist schändlich! Das ist empörend!

BEZIRKSAMTMANN *der verzweifelt auf und ab gegangen ist, bleibt vor ihr stehen.* Amalia, bist du imstande, mich zwei Minuten ruhig anzuhören?

FRAU BEZIRKSAMTMANN *sehr energisch.* Nein!

BEZIRKSAMTMANN. Dann beantworte mir wenigstens die Frage, wer hat von dir verlangt, daß du bei dieser ... bei dieser Sache tätig sein sollst?

FRAU BEZIRKSAMTMANN *sehr getragen.* Das wollte ich sehen, von wem ich mir Befehle erteilen lasse.

BEZIRKSAMTMANN. Von niemand, natürlich, von niemand! Beruhige dich nur! Glaubst du, daß es mir Freude macht, mit diesen Leuten ein paar Stunden zusammenzusitzen?

FRAU BEZIRKSAMTMANN *zuckt die Achseln.*

BEZIRKSAMTMANN. Das ist eben eines der vielen Opfer, welche wir der Staatsräson zu bringen haben.

FRAU BEZIRKSAMTMANN. Das sagst du so ziemlich jedesmal, wenn du ins Wirtshaus gehen willst.

BEZIRKSAMTMANN. Wir müssen unter das Volk. Wir haben nicht das Recht, uns daheim auszuleben. Einerseits sollen wir den Ideenkreis der unteren Klassen kennen lernen, andrerseits sollen wir den Leuten Gelegenheit geben, der Regierung ... äh ... der Regierung menschlich näher zu treten.

FRAU BEZIRKSAMTMANN. Das sind große Worte für Biertrinken und Tabakrauchen.

BEZIRKSAMTMANN. Laß diese Bitterkeiten. Mir ist es so peinlich wie dir, mit meinem Amtsdiener Neusigl von einem Tische zu essen. Aber die Sache hat einen Zweck. Und darum tu ich es. Du weißt, der Minister hat erst kürzlich wieder im Landtage erklärt, daß wir in der Provinz die regierungsfreundliche Gesinnung erhalten müssen; wir sollen die Väter unserer Bezirke sein; er beurteilt seine Beamten hauptsächlich danach, ob sie beliebt sind.

FRAU BEZIRKSAMTMANN. So? Du mußt also jeden Bauernlümmel zum Essen einladen, damit er dich lieb gewinnt? Wer bezahlt das? Vielleicht der Herr Minister?

BEZIRKSAMTMANN. Laß mich doch ausreden! Ich werde nicht jeden einladen; ich ziehe nur ein paar Leute von Einfluß bei; Landräte, unsere Abgeordneten, hie und da einen Bürgermeister. Heute ist eine passende Gelegenheit. Ich werde dem Neusigl seine Medaille überreichen; dabei läßt sich eine Rede halten. Ein paar Worte, die das Publikum gern hört. Das spricht sich herum.

FRAU BEZIRKSAMTMANN. Das hättest du auch ohne Festessen und im Bureau abmachen können.

BEZIRKSAMTMANN. Gewiß. Aber ich habe einen besonderen Grund, die Leute länger bei mir zu halten. Regierungsdirektor Steinbeißel kommt.

FRAU BEZIRKSAMTMANN. Der wird entzückt sein, wenn er mit deinem Bezirksamtsdiener dinieren darf.

BEZIRKSAMTMANN. Bei seiner Ankunft ist das Essen vorbei. Aber er soll uns noch hier treffen; er soll sehen, wie ich auf die Intentionen des Ministers eingehe; verstehst du?

FRAU BEZIRKSAMTMANN. Dabei ist viel zu verstehen!

BEZIRKSAMTMANN. Also erschwere mir die Aufgabe nicht. Wenn nicht Direktor Steinbeißel seine Ankunft ausdrücklich gemeldet hätte, wäre es mir doch nicht im Schlafe eingefallen, den Neusigl in meinen Salon hereinzulassen. Da kommt schon mein Assessor.

Dritte Szene

Assessor von Hingerl. Die Vorigen.

ASSESSOR. Habe die Ehre, guten Morgen zu wünschen, Herr Bezirksamtmann; habe die Ehre, gnädige Frau.

BEZIRKSAMTMANN. 'n Tag!

FRAU BEZIRKSAMTMANN. Guten Morgen, Herr Assessor.

ASSESSOR. Herr Bezirksamtmann waren so liebenswürdig, mich zu dem Diner einzuladen.

BEZIRKSAMTMANN. Ja. Ich wünschte Ihre Anwesenheit. Die Sache ist immerhin nicht ohne Bedeutung.

ASSESSOR. Fünfzig Jahre ist eine lange Zeit.

BEZIRKSAMTMANN. Allerdings. Und ich habe das auch vollständig anerkannt.

ASSESSOR. Der Mann kann zufrieden sein mit der zugedachten Ehrung. Das ist eine seltene Auszeichnung.

FRAU BEZIRKSAMTMANN. Vielleicht kommt das überhaupt nirgends vor als bei uns.

BEZIRKSAMTMANN. Herr Assessor, haben Sie den Fall Hupflauer erledigt?

ASSESSOR. Gewiß, Herr Bezirksamtmann. Ganz nach Ihren Intentionen.

BEZIRKSAMTMANN. Der Mann erhält die Wirtschaftskonzession nicht.

ASSESSOR. Ich glaubte, Herr Bezirksamtmann wollten sie ihm erteilen?

BEZIRKSAMTMANN. Wollte ich, ja. Will ich nicht mehr. Das Gesuch wird abgewiesen.

ASSESSOR. Ich werde den Beschluß abändern.

BEZIRKSAMTMANN. Gut. Apropos, Sie könnten heute eine Rede halten.

ASSESSOR. Sehr gerne. Wenn mir Herr Bezirksamtmann angeben wollen, auf wen.

FRAU BEZIRKSAMTMANN. Auf Herrn Neusigl natürlich.

BEZIRKSAMTMANN. Wer spricht von Neusigl?

FRAU BEZIRKSAMTMANN. Dann vielleicht auf die Frau Gemahlin des Jubilars.

BEZIRKSAMTMANN. Du bist heute scherzhaft aufgelegt, Amalia. Herr Assessor, Sie können auf das Amt toasten, dem der Mann dient, auf den Amtsvorstand. Ich finde, daß sich das gehört.

ASSESSOR. Wenn mir Herr Bezirksamtmann die Bemerkung gestatten, ich wollte das ohnehin.

BEZIRKSAMTMANN. Gut; ich will damit nur vermeiden, daß es ein anderer tut.

Vierte Szene

Jakob Lampl. Die Vorigen.

LAMPL. Grüß Gott, Herr Bezirksamtmann. Do san ma.

BEZIRKSAMTMANN. Ach, das ist schön, Herr Lampl. Amalia, hier ist unser bewährter Landtagsabgeordneter, Herr Metzgermeister Lampl, von dem ich dir schon öfter erzählt habe.

FRAU BEZIRKSAMTMANN *kühl.* So? Kann mich nicht erinnern.

BEZIRKSAMTMANN. Meinen Assessor kennen Sie ja?

LAMPL. Ja. Mir san scho öfters z'sammkemma.

ASSESSOR. Amtlich. Gewiß.

BEZIRKSAMTMANN. Nun, wie geht es, Herr Lampl?

LAMPL. Ja, muaß scho toa. 's Wetter halt, 's Wetter sollt anderst sei. Viel z' trucka is.

BEZIRKSAMTMANN. Die anhaltende Dürre ist der Landwirtschaft wenig zuträglich.

LAMPL. Freili. Aba da kannst nix machen, des muaß ma schon nehma, wia's kimmt.

BEZIRKSAMTMANN. Leider, leider, Herr Lampl.

LAMPL. An andersmal regent's dafür wieder mehra; da hört's nacha glei gar nimmer auf.

BEZIRKSAMTMANN. Stimmt, stimmt.

FRAU BEZIRKSAMTMANN. Das ist merkwürdig interessant.

LAMPL. Da ham Sie recht, Frau Bezirksamtmann, des sag i aa oft. Des is ganz merkwürdi heutzutag. I ko's net glaaben, daß 's früherszeiten aa'r a so g'wen is.

BEZIRKSAMTMANN. Im Landtage gibt es viel Arbeit, Herr Lampl?

LAMPL. Ganz richtig.

BEZIRKSAMTMANN. Es wird noch manche Woche vergehen, bis das Budget durchberaten ist!

LAMPL. Der Bidsche? Ja, des is a Teufelsg'schicht. Und der Haufen G'setzer! I woaß gar net, wo s' as allweil herbringen.

BEZIRKSAMTMANN. Die legislatorische Tätigkeit steht eben unter dem gewaltigen Drucke der Neueinführung des Bürgerlichen Gesetzbuches.

LAMPL. Mhm! Bereits. Was gibt's denn nacha heut z'essen, Herr Bezirksamtmann?

FRAU BEZIRKSAMTMANN. Hast du keine Dinerkarten drucken lassen, Heinrich?

LAMPL. Des brauchts net, mir wern's a so aa kenna, was kimmt, Frau Bezirksamtmann.

FRAU BEZIRKSAMTMANN. Wenn Sie glauben.

LAMPL. Hamm mer Eahna halt a bissel Umständ g'macht? Hamm S' recht aufkochen müassen, Frau Bezirksamtmann?

FRAU BEZIRKSAMTMANN. Ich habe das meiner Köchin überlassen.

LAMPL. Ja so. No, de werd scho aa was z'sammbringa. Des is scho a große Ehr für den alten Neusigl, Herr Bezirksamtmann.

BEZIRKSAMTMANN. Ich gehe von dem Prinzip aus, Herr Lampl, daß die staatliche Oberaufsicht gerade mit der Anerkennung einer verdienstvollen Tätigkeit Gutes leistet. Einerseits ist die öffentliche Erzeigung des Dankes von ethischem Werte, andererseits wirkt sie anregend und ermunternd.

LAMPL *zieht die Tabaksdose.* Amal schnupfen schadet net. Mögen S' a Pris? Lotzbeck Nummera zwoa.

BEZIRKSAMTMANN *nimmt eine Prise und wirft sie heimlich weg.* Danke. Ja, was ich sagen wollte, Herr Lampl. Gerade in der Provinz heraußen muß der Amtsvorstand auch für das Kleinste Fürsorge zeigen, den Mittelpunkt bilden. Er vertritt einerseits den Willen des Staates, andererseits vermittelt er die aus dem Bedürfnisse herausgewachsenen Wünsche der Untertanen. Die Rede, welche Seine Exzellenz neulich in der Kammer hielt, war mir aus dem Herzen gesprochen.

LAMPL. Er ist a ganz a g'führiger Mo, unser Minister.

BEZIRKSAMTMANN. Hatten Sie schon öfter Gelegenheit, mit Exzellenz Rücksprache zu nehmen?

LAMPL. Ja, mir kemman öfter z'samm im Ausschuß.

BEZIRKSAMTMANN. Sie sagen auch, nicht wahr, er ist außerordentlich weitblickend? Er beherrscht sein Ressort mit einer geradezu verblüffenden Detailkenntnis!

LAMPL. Ja; er redt wia'r a anderner Mensch aa. Ganz deutsch.

BEZIRKSAMTMANN. Das freut mich von Ihnen zu hören. Ich hegte schon längst den Wunsch, mich mit Ihnen einmal auszusprechen.

LAMPL. Is scho recht. Ah, da kimmt ja der Hahnrieder und der Sedlmoar! Hamm S' de aa'r eing'laden?

Fünfte Szene

Die Vorigen. Hahnrieder. Sedlmaier.

BEZIRKSAMTMANN. Gewiß. Die Herren sind ja beim Landrate. Guten Morgen! Das ist schön, daß Sie gekommen sind.

SEDLMAIER. S'Good, Herr Bezirksamtmann!

HAHNRIEDER. S'Good.

BEZIRKSAMTMANN. Amalie, das sind die Herren vom Landrat, Herr Ökonom Sedlmaier, Herr Ökonom Hahnrieder.

HAHNRIEDER, SEDLMAIER. S'Good.

BEZIRKSAMTMANN. Meinen Assessor kennen Sie?

HAHNRIEDER. Jawohl!

SEDLMAIER. Mir kennen ins guat.

ASSESSOR. Gewiß! Gewiß!

HAHNRIEDER. Jessas, der Lampl is aa do!

LAMPL. Allerdings. Du, gestern bin i bei dir draußd g'wen.

HAHNRIEDER. Woaß scho. Mei Bäurin hat ma's g'sagt. Hättst gern a Kaibi kaafft?

LAMPL. Ja. Aba des kost ja net zahl'n. De verlangt vierz'g Pfennig fürs Pfund lebat. Des is ja narrisch.

HAHNRIEDER. De hat recht g'hat.

LAMPL. Freili! So muaß ma reden! Do is glei gar mit'n Handeln.

HAHNRIEDER. Ös Metzger dauert's mi scho. Ös verhungert's no alle mitanand.

LAMPL. Wer woaß, ob's net no amal so weit kummt. Ös Bauernluada hätt's enker Freud dro.

SEDLMAIER. Do host recht!

LAMPL. Aber des sag i dir, Hahnrieder, leichter kaaf i dir was ab als wia deiner Bäuerin. Mit die Weibsbilder ko'st gar nix richten.

FRAU BEZIRKSAMTMANN. Hast du noch mehr Gäste eingeladen, Heinrich?

BEZIRKSAMTMANN. Hm! Äh! Es fehlen noch zwei Herren vom Distriktsausschuß und Lehrer Häberlein.

SEDLMAIER. An Lehrer Häberlein hab i laaffen sehg'n.

LAMPL. Der kimmt net z'spat, Herr Bezirksamtmann, wenn's was z'essen gibt.

FRAU BEZIRKSAMTMANN *zum Assessor.* So was von ordinär!

ASSESSOR. Gnädige Frau wundern sich etwas über den Ton?

FRAU BEZIRKSAMTMANN. Wundern? Nein! Hier in Bebenhausen wundere ich mich über gar nichts mehr.

ASSESSOR. Allerdings. Denken Sie nur, gnädige Frau, der Kaufmann Altenberger ist gestern total betrunken im Straßengraben gefunden worden.

FRAU BEZIRKSAMTMANN. Nein? Wirklich?

ASSESSOR. Er hat im Hirschen bis zwei Uhr gezecht. Vier ganze Flaschen Deidesheimer! Er soll sich dann sehr unanständig über die hiesigen Beamtenfrauen geäußert haben.

FRAU BEZIRKSAMTMANN. Dieser gemeine Mensch.

ASSESSOR. Er sagte, in ganz Bebenhausen gäbe es überhaupt keine Damen, sondern nur Weiber.

FRAU BEZIRKSAMTMANN. So eine Frechheit!

ASSESSOR. Ich weiß es vom Amtsrichter Winkler. Der erfuhr es heute beim Frühschoppen.

BEZIRKSAMTMANN. Herr Assessor, wieviel Uhr haben Sie?

ASSESSOR. Fünf Minuten nach halb eins.

BEZIRKSAMTMANN. Ich habe die Einladung auf halb ein Uhr anberaumt.

LAMPL. Da kimmt der Häberlein schon.

SEDLMAIER. Der Gruabhofer is aa dabei, und der Merkl.

Sechste Szene

Die Vorigen. Merkl. Grubhofer. Häberlein.

BEZIRKSAMTMANN. Die Herren haben etwas auf sich warten lassen.

HÄBERLEIN. Ich bitte tausendmal um Entschuldigung, Herr Bezirksamtmann. Der Bader hat mich beim Rasieren geschnitten, und ich konnte ... ich konnte ...

BEZIRKSAMTMANN. Schon gut. Die Verzögerung war nicht erheblich.

LAMPL. Und 's Essen is aa no net anganga. Sie hamm no nix versaamt, Herr Häberlein.

BEZIRKSAMTMANN. Amalie, die Herren vom Distriktsausschuß, und Lehrer Häberlein.

GRUBHOFER. So? Des is d' Frau? Freut mi auffallend.

MERKL. S'Good!

BEZIRKSAMTMANN. Herr Assessor, ordnen Sie an, daß Neusigl geholt wird.

ASSESSOR *ab. Bald darauf zurück.*

BEZIRKSAMTMANN. Nun! Sie kennen den Anlaß unserer heutigen kleinen Festlichkeit? Meinem Amtsdiener ist für seine treu geleisteten Dienste die Silberne Medaille allergnädigst verliehen worden.

MERKL. Mir ham's vernommen; gesting is im Wochablatt g'standen.

LAMPL. Der alte Krakler tuat jetzt lang gnua mit.

SEDLMAIER. Fufzig Jahr! Wann ma's richti bedenkt, is a lange Zeit.

HAHNRIEDER. Und er is allaweil a rechtsinniger Mo g'wen. Da hat's koan Stolz geben. Ganz frei.

GRUBHOFER. Net, wia's oft Beamte gibt, de moanen, für an Bauernmenschen braucht mi koan Respekt net z'hamm.

BEZIRKSAMTMANN. Ich höre mit Vergnügen, daß Sie mit meinem Bediensteten zufrieden waren. Ich sehe strenge darauf, daß die Leute im Verkehre Höflichkeit bewahren.

LAMPL. Da hat si nia nix g'feit. Da kimmt er scho daher.

MERKL. Jetzt wenn mi a Musik hätten, kunnt ma'r an Tusch blasen.

Siebente Szene

Die Vorigen. Peter Neusigl und seine Ehefrau Walburga treten ein. Neusigl altväterischer Gehrock, in der Hand einen Zylinderhut; weiße Haare und weißen Schnurrbart; sympathisches Äußere. Seine Frau trägt altmodisches, schwarzes Seidenkleid, bunten Schal darüber. Riegelhaube.

BEZIRKSAMTMANN. Neusigl, ich habe Sie hierherbestellt. Sie wissen, welche Ehre Ihnen widerfahren ist. Ich habe beschlossen, Ihre Auszeichnung nicht unbeachtet vorübergehen zu lassen.

Frau Neusigl zieht umständlich ein Taschentuch hervor und setzt sich in Positur.

LAMPL. Jetzt brauchen S' no net woana, Frau Neusigl; des kimmt erst später.

BEZIRKSAMTMANN *zu Neusigl.* Ich habe aus den angegebenen Gründen einen Mittagstisch veranstaltet, an dem Sie teilzunehmen haben.

NEUSIGL *gerührt.* Aba, Herr Bezirksamtmann, so aa Ehr! I woaß gar net, wia'r i mi verhalten soll. Des is ja z'viel. *Neusigl stellt sich an das obere Ende des Tisches.*

BEZIRKSAMTMANN. Schon gut. Setzen Sie sich! Dort unten hin. Herr Lampl sitzt neben mir. Herr Assessor neben meiner Frau. Die andern Herren wollen nach Belieben Platz nehmen.

LAMPL. Also jetzt gratulier i dir, Neusigl. Hast do an Orden dergabelt, du elendiger Bazi!

NEUSIGL. I dank dir schö, Lampl, i woaß, daß du's guat moanst.

GRUBHOFER. Mach mei Gratulation.

MERKL. Des hamm S' guat geben, Herr Neusigl.

HAHNRIEDER. Net auslassen, Herr Neusigl!

SEDLMAIER. Freut mi auffallend.

HÄBERLEIN. Dem Verdienste seine Krone! Ihnen und der Frau Gemahlin meine herzlichsten Glückwünsche.

NEUSIGL. Die Herren sand alle so freundli; des is ja z'viel.

FRAU NEUSIGL. Mir wissen ja gar nicht, wie mir ins zum verhalten haben.

BEZIRKSAMTMANN. Ich bitte, Platz zu nehmen.

Die Gäste nehmen umständlich Platz.

BEZIRKSAMTMANN. Herr Lampl, bitte hierher!

LAMPL. I hätt mi gern zum Hahnrieder abi g'sitzt.

BEZIRKSAMTMANN. Ich möchte Sie neben mir haben.

LAMPL. So! No, nacha is mir aa recht.

Babette und Anna tragen die Suppe auf, das Servieren beim Bezirksamtmann und seiner Frau

beginnend. Frau Neusigl bindet ihrem Mann die Serviette um den Hals.

FRAU NEUSIGL. Du mußt Obacht geben, Peter, auf dein schönes G'wand.

MERKL *zu Babette.* Gib mir nur außa, Madel. I ko mit dem Schöpflöffi net hantieren.

GRUBHOFER *zu Anna, ihr die Serviette gebend.* Da, des ko'st wieder nehma. Des braucht's it.

HAHNRIEDER *zu Babette.* Suppen mag i ganz weni, aba zwoa Knödel gibst mir no.

Die Mädchen sind mit dem Servieren fertig. Der Bezirksamtmann, seine Frau und der Assessor beginnen zu essen. Die übrigen sitzen schweigend. Sie warten auf das Tischgebet. Da niemand vorbetet, fängt jeder still zu beten an, nachdem er vorher das Kreuz geschlagen hat. Der Bezirksamtmann bemerkt es, hört zu essen auf und nimmt eine andächtige Miene an.

ASSESSOR *mit schnarrender Stimme.* Mahlzeit, gnädige Frau! Darf ich Ihnen Brot anbieten?

Der Bezirksamtmann wirft ihm einen strafenden Blick zu.

ASSESSOR. Ach so! Parrdong! *Nimmt den Kneifer ab und sitzt in steifer Stellung, bis die übrigen wieder ein Kreuz machen und zu beten aufhören.*

LAMPL. Amen! Guaten Appetit allerseits!

Die anderen antworten durcheinander: Guaten Appetit!

HÄBERLEIN *aufstehend.* Ich wünsche wohl zu speisen, Herr Bezirksamtmann und Frau Gemahlin!

BEZIRKSAMTMANN. Ich danke!

ASSESSOR. Mahlzeit!

LAMPL. Die Knödel sand ausgezeichnet.

FRAU NEUSIGL. Ja, das muß man sagen, großartig. Und gerade das Rechte haben sie. Das muß man erraten bei die Knödel. Ich nehme zwei Semmeln, schneide sie dünn, nehme ein Ei und Milch und weiche sie tüchtig ein. Dann tue ich die Leber hinzu. Ein bißchen Majoran vermehrt den Geschmack. Nehmen Sie auch Majoran, Frau Bezirksamtmann?

FRAU BEZIRKSAMTMANN. Kennen Sie den Baron Schenkenstein persönlich, Herr Assessor?

ASSESSOR. Gewiß. Er war Hauptmann im vierten Re'ment. Ich machte in seiner Kompagnie das Manöver mit.

FRAU NEUSIGL. Der Majoran steht nicht jedem an; mein Mann kann den Geschmack gut leiden, aber sein Bruder, der Oberaufseher in Laufen, zum Beispiel, mag ihn gar nicht.

FRAU BEZIRKSAMTMANN. Die Baronin Schenkenstein war meine intimste Freundin im Institute.

FRAU NEUSIGL. Vielleicht mag der Herr Bezirksamtmann auch keinen Majoran?

BEZIRKSAMTMANN. Herr Lampl, wie sind die Aussichten für unsere Bahn? Glauben Sie, daß im Plenum eine Majorität für dieselbe zu finden ist?

LAMPL. I woaß net. Da laßt si heut no nix sagen.

BEZIRKSAMTMANN. Es wäre schade, wenn das Projekt wieder zurückgestellt würde; ich habe die Notwendigkeit der Trace ausführlich begründet.

MERKL. Mir in Sünzhausen reißen ins ganz weni um de Bahn.

GRUBHOFER. Ja, des woaß mi scho. Bal oaner in Sünzhausen glaabt, daß de herobern Gemeinden Puachschlagen, Niederroth oda Lautabach an Profit hätten, nacha seids ös glei dagegen.

MERKL. Des muaßt net sag'n, Gruabhofer! Mi san durchaus gar net so neidi. Aba was hamm mi denn von dera Bahn? Den ganzen Winter kriag'n mi koa Holzfuhr nimma, koa Ziegelfuhr geht a nimma; do stengan dir d' Roß fünf Monat an Stall, und ko'st d' as umansinscht fuattern.

HAHNRIEDER. Des sell gib i zua, aba dafür geht mehra Handel mit'n Troad und mit'n Viech.

LAMPL. Mit dein Viehhandel balst mir net gehst! Do han i gestern gnua g'habt von deiner Bäurin.

BEZIRKSAMTMANN. Herr Hahnrieder hat recht. Der einzelne muß sich eben unterordnen, wenn Verschiebungen in der ökonomischen Lage durch den Fortschritt bedingt werden. Einerseits ...

SEDLMAIER. Ja, Fortschritt! Des müassen mi erst sehg'n, ob des a Fortschritt is.

MERKL. Jetzt hast amal was Richdg's g'sagt, Sedlmoar. I sag überhaupts, daß für ins Bauern de Bahna koa Fortschritt san, und daß 's überhaupts besser war, wenn's koane Bahna net gab.

ASSESSOR. Aber erlauben Sie, Verehrtester, das sind doch Ansichten, die ... hm ... äh ... heutzutage nicht mehr ganz auf der Höhe ...

BEZIRKSAMTMANN. Herr Assessor, reichen Sie mir den Brotkorb herauf!

MERKL. Des woaß mi scho, daß mi Bauern net so g'scheit sei kinna wia de Herrn, de wo auf des studieren.

BEZIRKSAMTMANN. Herr Landrat, ein jeder kann von seiner Stelle aus das Rechte wirken. Es wäre töricht, die hohe Bedeutung des Bauernstandes zu verkennen.

HÄBERLEIN.

> Wie nützlich ist der Bauersmann!
>
> Er bauet uns das Feld.
>
> Wer eines Bauern spotten kann,
>
> Der ist ein schlechter Held.

Wenn Sie erlauben, Herr Bezirksamtmann, zu bemerken.

Babette und Anna kommen mit den Fleischschüsseln und stellen sie auf den Tisch.

BEZIRKSAMTMANN. Darf ich bitten, Herr Lampl; die Herren nehmen sich doch. Herr Grubhofer?

GRUBHOFER. Mir kriag'n gnua, Herr Bezirksamtmann. Z'erscht kimmt der Jubilar. Nur fest zuag'langt, Herr Neusigl!

NEUSIGL. Na, na; i kimm z'letzt; na, na! Des derf nit sei; Herr Gruabhofer.

GRUBHOFER. Ja, was waar denn dös? *Gibt Neusigl mehrere Stücke Fleisch auf den Teller.*

SEDLMAIER. Net schenieren! Heut san Sie die Hauptperson. Und d' Frau Jubilarin net vergessen!

FRAU NEUSIGL. Ja, aber na, Herr Sedlmaier! Mir wissen ja gar nicht, wie mir uns zum verhalten haben.

BEZIRKSAMTMANN. Sie haben sich nicht mehr als Reichstagskandidat aufstellen lassen, Herr Lampl?

LAMPL. Na; i mog nimma. I war amal drin im Reichstag. Des hat mir g'langt.

ASSESSOR. Na, so'n Winter in Berlin. Ich stelle mir das ganz erträglich vor.

LAMPL. A jeder nach sein Gusto. I war in de drei Jahr, wo i Abgeordneter war, zwoamal droben, z' Berlin. Mi kriagen s' nimma. Pfüat di Good!

BEZIRKSAMTMANN. Jedenfalls ist die Ausübung des Mandates mit großen Opfern verbunden.

LAMPL. Dahoam versaamt ma sei G'schäft, und droben ko ma do nix ausrichten.

MERKL. Und muaß zuaschaug'n, wia s' mit die G'setzer an Bauernstand ruinieren.

BEZIRKSAMTMANN. Ich erhoffe von der nächsten Legislaturperiode eine wesentliche Besserung der Verhältnisse.

MERKL. I net.

HAHNRIEDER. Vo Berlin is no nia was G'scheits kemma.

BEZIRKSAMTMANN. Die Reichsregierung befindet sich in einer schwierigen Lage. Einerseits sollen die Interessen der Produzenten gewahrt werden, andererseits bestehen Rücksichten auf den Konsumenten.

LAMPL. Bal ma'r abar de umbringt, de, wo produzier'n, nacha werd's mit 'n Konsumier'n aa bald gar sei.

MERKL. Des is a richtig's Wort.

BEZIRKSAMTMANN. Die Regierung ist sicher bestrebt, hier den goldenen Mittelweg zu finden. Man wird an maßgebender Stelle immer mit der Tatsache rechnen, daß der brotschaffende Stand gewisse Rechte hat.

HÄBERLEIN.

> Und darum sei der Bauernstand
> Uns aller Ehre wert;
> Denn kurz und gut, wo ist das Land,
> Das nicht der Bauer nährt?

ASSESSOR. Man muß sich in Deutschland an den Gedanken gewöhnen, daß wir uns eben zum Industriestaat herausentwickeln.

MERKL. So?

ASSESSOR. Ja. Wenn der Getreidebau sich nicht mehr rentiert, warum baut man nicht was anderes? Das ist doch kolossal einfach.

MERKL. Was taten denn Sie bauen?

ASSESSOR. Ich? Na, vielleicht so ... so Rüben, ja, Rüben, oder Gartenpflanzen oder ...

LAMPL. Oder Rosen und Veigerl. De riachen recht guat. *Die Bauern lachen.*

ASSESSOR. Ich habe mich vielleicht nicht gemeinverständlich genug ausgedrückt. Ich will sagen, wenn eine Produktionsart nicht rentiert, wählt man einfach eine andere.

MERKL. Hamm S' des alles aus die Bücher g'lernt?

LAMPL. Was taten Sie sagen, Herr Assessor, wenn ma'r Eahna auf oamal bloß den dritten Teil von Eahnern G'halt auszahl'n tat?

ASSESSOR. Wie?

LAMPL. Ja, an dritten Teil. Und bal Sie Eahna beschwer'n taten, wurd Eahna g'sagt: Wissen S' was, Herr Assessor, bal's Eahna z'weng is, schauen S' Eahna um a anders Brot. Was taten Sie da sagen?

ASSESSOR. Aber erlauben Sie! Das ist doch ganz was anderes! Das ist doch ein kolossaler Unterschied! Ich habe ...

BEZIRKSAMTMANN. Reichen Sie mir das Gemüse herauf, Herr Assessor!

ASSESSOR. Bitte, hier. Aber das ist doch ein kolossaler Unterschied. Ich habe durch meine Studien und Examina das wohlbegründete Recht erworben ...

BEZIRKSAMTMANN. Sie haben in die Debatte über die Dienstbotenordnung eingegriffen, Herr Lampl?

LAMPL. Ich hab amal frisch von der Leber weg g'redt, was des für Zuaständ' san am Land heraus.

BEZIRKSAMTMANN. Eine gewisse Dienstbotenkalamität ist nicht zu leugnen.

HAHNRIEDER. Des is fei net bloß a bisserl; des is scho viel.

SEDLMAIER. Wo des no hinkumma soll, des siech i überhaupts net.

GRUBHOFER. Der Bauer geht z' Grund durch die Deanstboten.

MERKL. Des is der Fortschritt.

BEZIRKSAMTMANN. Wir verkennen die Sachlage keineswegs, und ich kann Sie versichern, die Regierung ist bestrebt, diesen Mängeln abzuhelfen.

SEDLMAIER. Des werd guat sei.

MERKL. Ja, und an Glauben braucht's aa. I sag des, Herr Bezirksamtmann, da ist gar nix mehr zum Richten, da is überhaupts scho Matthäi am letzten.

BEZIRKSAMTMANN. Jede Zeit hat mit gewissen Schwierigkeiten zu kämpfen.

MERKL. Aba net mit solchene.

HAHNRIEDER. Früherszeiten is besser g'wen. Des woaß mi no guat, daß a Knecht 's Jahr vierz'g und fufz'g Gulden kriagt hat, 's Essen, wia's der Brauch g'wen is, und koa Bier gor it.

SEDLMAIER. Jetzt ko ma's nimma derzahlen. Der Herr Knecht verlangt zwoahundertfufz'g und dreihundert Mark, und 's Bauernessen is eahm nimmer guat gnua.

MERKL. Und balst eahm bei der Arndt net alle Täg 's Bier außifahrst, laaft er dir mittendrein davo.

ASSESSOR. Gegen das Entlaufen hat das Gesetz Strafbestimmungen, die wir sehr energisch anwenden.

MERKL. O mei, da bals d' net gehst. Wer amal schlecht is, paßt auf des aa nimmer auf.

BEZIRKSAMTMANN. Richtige Mittel müssen bei richtiger Anwendung Erfolg haben.

LAMPL. Na, na, Herr Bezirksamtmann, des laßt si net leugna; das Kreuz mit de Deanstboten werd alleweil größer. De Leut hamm koa Anhänglichkeit mehr, san mit nix mehr z'frieden, alles lauft in d' Stadt nei.

FRAU BEZIRKSAMTMANN. Die weiblichen Dienstboten könnten ruhig draußen bleiben; was wir vom Lande beziehen – ich danke.

FRAU NEUSIGL. Das ist wahr, Frau Bezirksamtmann. Mit die Mädchen heuntzutage, das ist rein gar nicht mehr zum dermachen. Wenn ich denke, was früher eine hat können müssen, und was eine hat arbeiten müssen, und wie das heunte ist, nein! Ich sag oft, das ist nicht zum dermachen. Haben Sie auch solche Erfahrungen, Frau Bezirksamtmann?

FRAU BEZIRKSAMTMANN. Anna, wärmen Sie die Teller besser; der meinige war kalt.

ANNA. Ja, gnä Frau.

FRAU NEUSIGL. Ich sag oft zu meinem Mann: Peter, sag ich, mit unserem Mädchen ist es rein nicht mehr zum aushalten.

FRAU BEZIRKSAMTMANN *zum Assessor.* Die Person hält sich einen Dienstboten.

ASSESSOR. Unglaublich!

FRAU NEUSIGL. Erst gestern hat sie wieder beim Abspülen die Handhebe an meiner Kaffeetasse verbrochen. Elis', hab i gesagt, Elis', wer hat die Handheb' weggeschlagen? Wo? fragt sie ganz unschuldig, als ob sie gar nichts wissen täte. Stellen Sie Ihnen nicht so, hab ich g'sagt ...

Der Bezirksamtmann, seine Frau und der Assessor zeigen ihre Ungeduld, indem sie hörbar mit ihren Bestecken hantieren.

FRAU NEUSIGL. Stellen Sie Ihnen nicht so, Elis', sag ich, heunte vormittag war die Tasse noch ganz. Wer ist sonst in die Küche gekommen? *Der Bezirksamtmann räuspert sich; seine Frau klopft heftig mit dem Messer auf den Tellerrand und ruft.* Babette!

FRAU NEUSIGL. Und wenn sonst niemand in der Küche war, hab ich gesagt, kann es doch sonst niemand getan haben. Oder glauben Sie vielleicht, sage ich ...

FRAU BEZIRKSAMTMANN *klopft wiederholt heftig.* Babette!

BABETTE. Ja, gnä Frau?

FRAU BEZIRKSAMTMANN. Ich habe der Anna gesagt, daß sie die Teller gut wärmen soll.

BABETTE. Ja, gnä Frau.

FRAU NEUSIGL. Oder glauben Sie vielleicht, sag ich, daß ich es getan habe? Was meinen Sie, daß sie gesagt hat? Des woaß i net, hat sie gesagt.

ASSESSOR. Die Person ist großartig.

FRAU BEZIRKSAMTMANN. Fabelhaft.

FRAU NEUSIGL. Ja, das ist wahr. Das hab ich auch zu meinem Mann gesagt, gelt Peter? Wenn sie's nur wenigstens eingestehen würden.

NEUSIGL. Ja ... ja.

Babette und Anna kommen mit neuen Servierplatten.

LAMPL. Ja, was siech i da, a Ganserl?

GRUBHOFER. Derer bin ich aa net feind.

BEZIRKSAMTMANN. Die Geflügelzucht macht erfreuliche Fortschritte im Bezirke. Als ich hieher kam, lag sie noch sehr im Argen.

SEDLMAIER. Mi kümmern uns net um an Hennerstall; des is der Bäurin ihre Sach.

BEZIRKSAMTMANN. Ich möchte die nationalökonomische Bedeutung der Geflügelzucht nicht unterschätzt wissen. Sie liegt teils in der Fleisch-, teils in der Eierproduktion.

HAHNRIEDER. Aba in Woazen laffen s' fei scho gern eini, de Henna. I schimpf oft mit meiner Bäurin.

ASSESSOR. Die Tiere sind kolossal harmlos.

HÄBERLEIN.

Keinen Tropfen Wasser trinkt das Huhn,
Ohne einen Blick zum Himmel aufzutun,

wenn Sie mir erlauben, Herr Assessor.

BEZIRKSAMTMANN. Ich befinde mich ganz im Einklange mit den hühnerologischen Vereinen, welche die Kochinchinahenne durch das deutsche Huhn verdrängen wollen.

LAMPL. Jetzt mir san d' Hendeln am liebsten am Spiaß.

FRAU NEUSIGL. Man drehe sie gleichmäßig um und beschmiere sie fleißig mit Butter.

LAMPL. Ganz richtig, und a kloans bissel Petersili net vergessen, Frau Neusigl.

PETER NEUSIGL. Mei Frau kocht fei guat; des muaß ma'r ihr lassen.

FRAU NEUSIGL. Wär doch eine Schand, wenn ich das net könnt. Ich war zwölf Jahr lang Köchin beim Graf Rotenhan.

ASSESSOR *zur Frau Bezirksamtmann.* Wenn man diese Person sprechen hört, könnte man glauben, daß sie alle Tage gebratenes Fleisch essen.

FRAU BEZIRKSAMTMANN. Glauben Sie nur ja nicht, daß sich die Leute einschränken. Die essen besser als mancher hohe Beamte.

BEZIRKSAMTMANN. Wollen Sie sich noch herausnehmen, Herr Lampl?

LAMPL. O ja! So a Gans is a liabs Viecherl. Wissen S' aa, Frau Bezirksamtmann, wo a Gans am schönsten is?

FRAU BEZIRKSAMTMANN. Ich kenne diese Rätsel nicht.

LAMPL. Auf an Kartoffelsalat. *Lacht selbst sehr laut. Der Bezirksamtmann lächelt säuerlich; seine Frau zuckt die Achseln;sie und der Assessor sehen sich verständnisvoll an. Die übrigen lachen laut.*

SEDLMAIER. Auf an Kartoffelsalat is a Gans am schönsten, ha, ha!

MERKL. Dös macht er wiada guat, der Lampl.

FRAU NEUSIGL. Der Herr Lampl hat überhaupt einen scherzhaften Hamor, wie der selige Herr Graf oft gesagt hat. Wenn er gut aufgelegt war, hab ich ihm erzählen müssen. Wally, hat er gesagt, kommen Sie nach Tisch herein, sagt er, und erzählen Sie mir was von zu Hause. Sie haben so einen freiwilligen Hamor, hat er gesagt.

ASSESSOR. Unfreiwilligen meinte er wohl? Was?

FRAU NEUSIGL. Das weiß ich nimmer so genau. Eine hamuristische Ader hab ich, das hat er oft gesagt.

HAHNRIEDER. Auf an Kartoffisalat is a Gans am schönsten, ha, ha! Ja, der Lampl!

LAMPL. Wenn i a Gans iß, muaß i allaweil an den alten Reingruber denken. Du hast 'n ja kennt, Neusigl, gel?

NEUSIGL. Freili; an Reingruber von Pellham.

MERKL. Von dem der Weidhofer sein Hengst kaaft hat?

LAMPL. Ja, der. Der hat allaweil g'sagt: Lampl, hat er g'sagt, a Gans is a dummer Vogel, sagt er. Oane is z'weni, hat er g'sagt, und zwoa san z'viel.

MERKL. Der hat überhaupts essen könna. I war amal mit eahm beim Unterwirt, in Herrnhofen. Da hat er vier Leberwürscht und drei Bluatwürscht auf oan Sitz z'sammpackt. Ganz frei, und hat 'n net z'rissen.

LAMPL. Oane is z'weni, hat er gsagt, und zwoa san z'viel.

HÄBERLEIN. Eine jut jebratene Jans ist eine jute Jabe Jottes, wenn Sie erlauben, Herr Bezirksamtmann.

BEZIRKSAMTMANN. Herr Grubhofer, ich werde demnächst eine Ausschußsitzung anberaumen. Es handelt sich um die Sünzhauser Distriktsstraße.

GRUBHOFER. So? Do derfen mir wieder zahl'n.

BEZIRKSAMTMANN. Die Zustände sind nicht mehr haltbar.

GRUBHOFER. Da sollen halt die Sünzhausener amal herg'numma wern. De fahren alle Johr mit ihre schwaren Holzfuhren d' Straßen z'samm, und der Distrikt muaß eahna wieder recht schö herrichten. Freili!

MERKL. Du muaßt net so daher reden, Gruabhofer. Mir Sünzhausener zahlen aa fürs Distriktskrankenhaus, und san do lauter Niederrother Deanstboten drin, weil s' net gnua z'essen kriag'n bei enk.

GRUBHOFER. Du, b'sinn di fei a weni! Des muaßt dir g'nau überlegen, was d' sagst. Hast g'hört?

LAMPL. Was war denn jetzt dös? Ös werd's do net streiten mitanand! Gruabhofer!

GRUBHOFER. Er derf ins Niederrother do net beleidingen!

LAMPL. Is ja grad a Spaß g'wen. Merkl, sei staad!

FRAU BEZIRKSAMTMANN. Freust du dich recht auf den Herrn Regierungsdirektor, Heinrich?

BEZIRKSAMTMANN. Er muß bald kommen. Ich denke, in einer halben Stunde.

FRAU BEZIRKSAMTMANN. Es wird reizend werden.

LAMPL *schlägt an das Glas und erhebt sich zu einer Rede.* Hochgeehrte Festversammlung! Indem daß wir heute so freidig zusammensitzen, missen wir auch bedenken, was uns so schön zusammengeführt hat. Denn es ist ein seltenes Fest, das wo wir feiern, es ist ein erhabenes Fest, es ist ... es ist ein Fest. *Neusigl und seine Frau setzen sich in Positur. Frau Neusigl zieht wieder umständlich ihr großes Sacktuch aus der Tasche.* Indem wir das fünfzigjährige Jubiläum des Herrn Peter Neusigl von hier zu feiern gedenken. Wir alle kennen ihn, wir alle schätzen ihn, wir alle lieben ihn. *Frau Neusiegl schluchzt und beginnt zu weinen.* Er hat seinem Könige treu gedient, fünfzig Jahre lang, und er hat seine Pflicht erfüllt, und er hat alles mit Freiden getan. Und er laßt noch nicht aus. Aber auch sonst ist er ein rechtsinniger Mann gewesen. Wo es oft Beamte gibt, die wo glauben, daß das Volk wegen ihnen da ist. Nein, hochgeehrte Festversammlung, das war durchaus nicht der Fall. Herr Peter Neusigl hat keinen Stolz nicht kennt. Er ist ein Volksfreind, er ist ein Menschenfreind. Und darum hat ihn auch der König ausgezeichnet, und darum zeichnen auch wir ihn aus, indem daß wir sagen: Wer treu gedient hat seine Zeit, dem sei ein volles Glas geweiht! Der Herr Peter Neusigl soll leben hoch! hoch! hoch! Mit gedämpfter Stimme: Hoch!

Die Anwesenden erheben sich. Die übrigen stoßen nach kräftigen Hochrufen mit Neusigl an. Der Bezirksamtmann, seine Frau und der Assessor bleiben auf ihren Plätzen und setzen sich gleich wieder, nachdem sie zögernd aufstanden.

NEUSIGL. Ja, des is ja z'viel, Lampl, des is ja z'viel!

FRAU NEUSIGL. So eine schöne Red! Ich hab weinen müssen, wie er das alles so daher bracht hat.

HABERLEIN. Was der Mann kann, zeigt seine Rede an.

HAHNRIEDER. Was wahr is, muaß ma sagen. Der Neusigl hat si rechtschaffen plagt.

SEDLMAIER. Und hat's Herz auf 'n rechten Fleck.

NEUSIGL. I woaß gar net; die Herren sand alle so freundli zu mir. Des is ja z'viel. *Er begibt sich mit einem Glase Wein in der Hand zum Bezirksamtmann, Frau Neusigl hinter ihm.*

NEUSIGL *fortfahrend.* Wenn der Herr Bezirksamtmann erlauben, trink ich ... trink ich auf Ihnen Ihr Wohlsein.

BEZIRKSAMTMANN. Schon gut, Neusigl, schon gut.

FRAU NEUSIGL. Gesundheit und ein langes Leben, Herr Bezirksamtmann, und daß Sie auch recht bald einen Orden kriegen.

BEZIRKSAMTMANN *räuspernd.* Setzen Sie sich wieder; schon gut. *Die Beiden begeben sich unter vielen Bücklingen wieder auf ihren Platz zurück.* Ihre Rede war ja recht wirkungsvoll, Herr Lampl.

LAMPL. A jedesmal g'lingt's mir net a so, Herr Bezirksamtmann; hat's Eahna g'fallen?

BEZIRKSAMTMANN. Hm; die Rede war zwar nicht im Programm vorgesehen, aber ich wiederhole, sie war recht wirkungsvoll.

LAMPL. No, des is ja d' Hauptsach. A Programm brauch ma net; des is allaweil a zwungene G'schicht. I sag's oft in unser'm Veteranaverein: nur net lang umschneiden;

wenn's Zeit is, red i scho, wia mir der Schnabel g'wachsen is; d' Hauptsach is, daß 's de Leut g'fallt.

ASSESSOR. Es ist Usus, daß Reden angemeldet werden.

LAMPL. Ko scho sei. Aba glauben Sie, Herr Assessa, daß der Neusigl deswegen beleidigt is?

ASSESSOR. Es handelt sich vielleicht doch nicht bloß um den Herrn Bezirksamtsdiener.

BEZIRKSAMTMANN. Die Sache ist erledigt. Ich trinke auf ihr Wohl, Herr Lampl.

LAMPL. 's Wohlsei, Herr Bezirksamtmann.

FRAU BEZIRKSAMTMANN. Auf daß du auch bald einen Orden bekommst, Heinrich!

BEZIRKSAMTMANN. Ich danke dir herzlich, Amalie.

LAMPL. No, des werd net ausbleiben; waar net übel.

NEUSIGL. Ja, unser Herr Bezirksamtmann, da fehlt ja gar nix. Des is a Mo. Ich sag's oft zu meiner Alten, so einen Eifer, wie unser Herr Bezirksamtmann hat, das ist großartig. Net, wia's damals brennt hat in Schneidsee? Kaum, daß die Meldung kemma is, san mir schon draußd g'wen, i und der Herr Bezirksamtmann. Mir san die Ersten g'wen an Ort und Stelle und hamm die Feuerwehr dirigiert.

FRAU BEZIRKSAMTMANN. Der Herr Neusigl und du ... so?

NEUSIGL. Ja, und wia des Hochwasser g'wen is, wo 's de Gündinger Brucken ei'grissen hot. Do san i und da Herr Bezirksamtmann den ganzen Tag draußd g'wen.

LAMPL. Des war vor sechs Jahr. San Sie damals scho hier g'wen, Herr Bezirksamtmann?

BEZIRKSAMTMANN. Nein, ich übernahm das hiesige Amt vor fünf Jahren.

NEUSIGL. Ah freili, des is ja der Herr Bezirksamtmann Pirnsteiner g'wen, ganz richti. Des war aa 'r a liaber Mo, der hat nix g'macht, vor er net z'erscht mi g'fragt hat. Neusigl, hat er oft g'sagt, um Ihnen is schad. Sie hätten einen ausgezeichneten Kopf g'habt. Da laufen viele hohe Herren rum, die wo froh wären, wenn sie Ihnen Ihren Verstand hätten. Drum hat er mi auch allaweil z'erscht g'fragt.

HÄBERLEIN.

Soll dein Tun mir wohl gefallen,

Nimm dir guten Rat von allen.

BEZIRKSAMTMANN. Ich finde es ziemlich heiß. Neusigl, öffnen Sie das Fenster.

Neusigl eilt dienstfertig ans Fenster und öffnet es.

FRAU NEUSIGL. Das ist wahr. Der Herr Pirnsteiner hat oft zu mir g'sagt: Tun Sie fein auf unsern Peter aufschauen; das ist ein heller Kopf.

HÄBERLEIN.

Neig dein Ohr, auf daß es höre

Weisen Rat und fromme Lehre.

FRAU NEUSIGL. Der Bruder von meinem Mann, der Oberaufseher in Laufen, sagt jedesmal, wenn er uns besucht, der Peter hätt' kein Jurist werden sollen, bei der Medizin hätt' er's viel weiter bracht. Er is auch viel zu bescheiden; anderne, die lang nicht den Kopf haben wie er, drucken sich vor und kommen in die höchsten Stellen, aber mein Mann, der laßt jeden vor.

NEUSIGL. Ja no, die Mittel hamm halt g'fehlt, die Mittel. Jetz sitz i do.

LAMPL. Mir san froh, daß d' do bist, alte Hütten. Stoß o; sollst scho glei leben! Schaug mir'n net o! Mögst vielleicht gar no Minister wer'n mit an Schiffhuat und gold'ne Ornament hint aufipappt. Jetzt g'hörst scho amal uns.

SEDLMAIER. Und herlassen tean mir Eahna nimmer.

HAHNRIEDER. A guater Amtsdeana is besser wia r' a schlechter Bezirksamtmo, des sag i.

GRUBHOFER. Zu dem G'schäft braucht ma 'r aa richtige Leut.

HABERLEIN.

Es ist kein Stand so klein,
Man kann darin doch wichtig sein.

LAMPL. Was hätt'st denn davo, balst in der Stadt drin allaweil auf'n Parkettboden umanand rutschen derfest?

NEUSIGL. Wahr is scho! Am End is a so viel schöner. *Stößt mit den Nächstsitzenden an.*

FRAU BEZIRKSAMTMANN. Wann kommt denn endlich der Herr Regierungsdirektor?

BEZIRKSAMTMANN. Ich sage dir ja, ich erwarte ihn jeden Augenblick.

FRAU BEZIRKSAMTMANN. Das alles ist unerträglich.

BEZIRKSAMTMANN. Ich bitte dich, mir die Situation nicht noch peinlicher zu machen. *Zu Lampl.* Wollen Sie eine Zigarre von mir probieren, Herr Lampl?

LAMPL. Allerdings. *Nimmt aus dem dargebotenen Etui.*

BEZIRKSAMTMANN. Die Zigarren sind gut. Ich beziehe sie en gros von einem Beamtenkonsumverein.

LAMPL *probierend.* Hm! Ja, san net schlecht.

SEDLMAIER. Die besten Zigarren hat unser Kramer g'habt, der Prechtl Xaver; lauter g'sprenkelte, oane, wie die ander.

GRUBHOFER. Die g'sprenkelten san die besten.

SEDLMAIER. Ja. Und d' Hauptsach, guat g'lagert waren die Zigarren. Über sein Laden war a Bachofen, do hat sie d' Wärm allaweil rüber g'schlagen; do san dir de Zigarren so trucka worn wia Stroh. De ham brennt, Herrschaftseiten, wia 'r a Schnellfeuer.

GRUBHOFER. A guate Zigarr, des is was wert.

HAHNRIEDER. Und a Glaserl Wei dazua.

LAMPL. Und a recht a nudelsauberes Maderl daneben, gel, Schlauberger? Ja, Herr Bezirksamtmann, so war's recht, wann ma'r halt no jünger waaren.

FRAU BEZIRKSAMTMANN. Il est horrible avec ces bêtises! Il est un affront avec ces hommes.

ASSESSOR. Vous avez droit, vous avez tout droit, madame, il est importable.

LAMPL. Aha, des is Französisch. Des kenn i no von anno siebazgi her.

BEZIRKSAMTMANN. Sie haben den Feldzug mitgemacht, Herr Lampl?

LAMPL. Freili, und der Hahnrieder aa, gel?

HAHNRIEDER. I glaub's wohl.

LAMPL. Beim vierten Jägerbataljon, zwoate Kumpanie.

HAHNRIEDER. Unterm Hauptmann Reisberger.

BEZIRKSAMTMANN. Das ist eine schöne Erinnerung.

LAMPL. Ja, i möcht s' net hergeben.

HAHNRIEDER. Da is oft lusti g'wen; oft a wieder net, wia's grad auftroffa hat.

ASSESSOR. Das Ba-jon hat oft im Feuer gestanden?

HAHNRIEDER. Dös glaab i. Weißenburg, Wörth, Batzeiles; da hat's anderst g'schnallt, mei Liaba, da hätten S' g'schaugt.

ASSESSOR. Ich kenne das. Ich habe als Reserveoffizier das große Kaisermanöver mitgemacht.

HAHNRIEDER. Ja, Manöver! Des is ja gor nix! Aba im Feld draußd, bal's allaweil herschiaßen, Freunderl, daß da Dreck aufspritzt! Do kunnten S' was spanna.

ASSESSOR. Ich hoffe, daß wir auch noch mal zum Handkuß kommen.

LAMPL. Na, das wünschen S' Eahna ja net, Herr Assessar; des waar a groß Unglück. Des kann si oaner bloß wünschen, der's net kennt.

ASSESSOR. Ach was! Auf dem grünen Rasen zu fallen im frischen, fröhlichen Krieg, das ist der schönste Tod!

LAMPL. Der Tod is gar nia schö, net amal dahoam. Des san bloß solchene Redensarten.

MERKL. I bi scho liaba a lebendiger Hund als wia'r a toter Professa.

ASSESSOR. Es gibt Gott sei Dank noch höhere Gesichtspunkte; nicht alle Leute kleben am Dasein.

LAMPL. Auweh! Des hätt i liaba net g'hört. Wissen S' Herr Assessa, mir hamm unser Schuldigkeit to, anno siebazgi, weil's amal sei hat müassen. Dabei san net viele Sprüch g'macht worn. Des is erscht die neue Mod. Aba mir san deswegen scho do g'wesen.

BEZIRKSAMTMANN. Gewiß. Die Truppen haben sich zur vollsten Zufriedenheit der betreffenden Regierungen verhalten.

ASSESSOR. Gestatten, Herr Bezirksamtmann, ich bin der letzte, der das bestreiten möchte, allein ...

BEZIRKSAMTMANN *mit erhobener Stimme ihn unterbrechend.* Die maßgebenden Stellen haben einerseits die Siege, andererseits die Disziplin der beteiligten Soldaten des öfteren lobend erwähnt.

ASSESSOR. Ich möchte nie das Gegenteil behaupten.

LAMPL. Es is net so bös g'moant g'wesen. De junga Leut hamm halt an Eifer. No, i muaß sagen, es is wieder lustig g'wen aa. Woaßt as no, Hahnriader, wia ma auf Paris marschiert san?

HAHNRIEDER. Do hamm ma mehra Wei trunken wia Wasser. Und guat war er.

LAMPL. Und de Madeln! Herrschaftseiten, des hat mi oft g'reut, daß ma allaweil glei wieda furt hamm müassen.

HAHNRIEDER. Leider, leider!

LAMPL. Woaßt as no, in Epernei?

HAHNRIEDER. Freili woaß i's. Do is mir was Schö's passiert. Mir san ins Quartier kemma. Koa Mensch net dahoam. I geh über d' Stiegen nauf, klopf überall'n o, rührt si nix. Auf oamal hör i was hinter a Tür. I tauch a bissel ani, und die Tür gibt noch. Jetzt geht im Zimma drin a G'schroa o, des is ganz aus g'wen. Wia'r i schaug, is a Frauenzimmer. Nimma jung; sie hat so a kloa's Schnurrbartl g'habt, so a bissel ... so ... als wia d' Frau Bezirksamtmann. De is auf die Knia niederg'fallen und woant und bitt. Was willst denn? sag i, i versteh di ja net. Da woant s' allaweil no mehra. Jetzt bin i aba gifti wor'n. Du alte

Trummel, hab i g'sagt, moanst vielleicht, i möcht was? Da schneidst di, hab i g'sagt, so an alt's Fell rührt koa boarischer Soldat net o. Dös muaß sie vastanden hamm, denn nacha hat s' aufg'hört.

LAMPL. Ja, bal's aba a junge g'wen waar, Hahnriader?

HAHNRIEDER. Do garantiert der Staat net.

SEDLMAIER. Du bist allemal an alter Spitzbua g'wen.

LAMPL. I glaab, er waar heunt no net sauber.

HAHNRIEDER. Da hast recht, sollst leben, alter Schwed, Tropf elendiger!

HÄBERLEIN *singt ziemlich stark lallend.*

Wer will unter die Soldaten,
Der muß haben ein Gewehr;
Das muß er mit Pulver laden
Und mit einer Kugel schwer.

LAMPL. Ja, was is denn mit 'n Herrn Häberlein? I glaab glei ...

SEDLMAIER. Der wird heunt no; i kenn eahm guat.

HÄBERLEIN *wie vorher.*

Der muß an der linken Seiten
Einen scharfen Säbel ha'n,
Daß er, wenn die Feinde streiten,
Schießen und auch fechten kann.

LAMPL. Er ko halt net viel vertragen.

FRAU BEZIRKSAMTMANN. Der Empfang für den Herrn Regierungsdirektor wächst sich immer feierlicher aus.

BEZIRKSAMTMANN. Hm; ja! Herr Häberlein, ich habe Nachricht, daß der Herr Regierungsdirektor Steinbeißel kommt.

HÄBERLEIN *verständnislos glotzend.* S ... s ... so?

BEZIRKSAMTMANN *mit starker Betonung.* Der Herr Regierungsdirektor Steinbeißel.

HÄBERLEIN. S ... s ... so? De ... der Stei ... Stei ... Steißelbein kommt ... S ... so?

ASSESSOR. Die Sache wird direkt peinlich.

FRAU BEZIRKSAMTMANN. Ich habe das kommen sehen, aber natürlich ...

BEZIRKSAMTMANN. Ich werde im rechten Momente die richtigen Anordnungen treffen.

LAMPL. So a kloa's Räuscherl macht ja nix. Des vergeht glei wieder.

SEDLMAIER. Des passiert eahm öfter. Er trinkt allaweil so staadlusti weiter.

FRAU NEUSIGL. Ein schwarzer Kaffee tut oft Wunder. Ich weiß noch recht gut, vor zwei Jahr; da hat der Bruder von meinem Mann, der Oberaufseher in Laufen, bei uns ein bissel zu viel erwischt; das heißt, damit ich es recht sage, er war bloß so, wie man zu sagen pflegt, etwas ... etwas angesäuselt. Und da hab ich ...

ASSESSOR. Herr Bezirksamtmann, gestatten Sie vielleicht, daß ich jetzt einen Toast ausbringe?

BEZIRKSAMTMANN. Warten Sie noch, bis der Regierungsdirektor kommt; es kann nur mehr einige Minuten dauern.

Die Unterhaltung wird immer lebhafter. Es sprechen alle miteinander. Ziemlicher Lärm. Gelächter.

FRAU NEUSIGL. Dann nehmen Sie eine Limonade, Herr Häberlein, und legen Ihnen einen kalten Umschlag über. Sie werden sehen, das hilft Ihnen, gerad so, wie meinem Schwager.

HÄBERLEIN. He ... helfen? Ich brauch do ... doch keine Hi ... hilfe?

FRAU NEUSIGL. Nein, nein. Ich sag ja bloß, wenn, für den Fall, daß ...

GRUBHOFER. Des kon i dir fei net vagessen, Merkl, vastehst? Des mit die Niederrother Deanstboten.

MERKL. Was brauchst denn du ins Sünzhausener so hart reden? Is dir scho amal oaner was schuldi blieben?

GRUBHOFER *mit dem Zeigefinger drohend.* Des hätt'st net sag'n soll'n, Merkl; des hätt'st dir überlegen müaßen.

MERKL *immer lauter.* Is dir scho amal oaner was schuldi blieben?

GRUBHOFER *ebenso.* Des kunnt di fei reu'n, Manndei, des sag i dir, des hätt'st da guat überlegen müaßen.

MERKL *sehr laut.* Hat di scho amal oaner net zahlt?

LAMPL. Jetzt fanga s' scho wieder o! Ös seids aba do scho elendige Kampeln.

MERKL. Muaß i mi denn alles g'fall'n lassen?

ASSESSOR. Vielleicht wäre es doch gut, wenn ich den Toast ausbringen würde?

GRUBHOFER. Du brauchst di gor nix g'f allen z'lassen, aba du hättst des net sagen derfa, von de Deanstboten. Hast g'hört?

MERKL *sehr laut.* Wos?

LAMPL. Guat war's scho, Herr Bezirksamtmann, wenn jetzt a Red kummet.

BEZIRKSAMTMANN *nervös die Uhr ziehend.* Ich erwarte jeden Augenblick die Ankunft des Herrn Regierungsdirektors.

LAMPL. Muaß der bei der Red dabei sei?

BEZIRKSAMTMANN. Ich habe das im Programm so vorgesehen.

FRAU BEZIRKSAMTMANN. Wo ist denn das Programm bei dieser – – dieser Kirchweih?

GRUBHOPER *immer lauter.* Und überhaupts is bei mir no koa Deanstbot vahungert.

MERKL *ebenso.* Hat di scho amal oaner net zahlt?

FRAU BEZIRKSAMTMANN. Ich bitte Sie, Herr Assessor, sprechen Sie!

BEZIRKSAMTMANN. Aber ...

FRAU BEZIRKSAMTMANN. Ich will es.

Der Assessor erhebt sich halb, Hahnrieder steht rasch auf und klopft stark an sein Glas. Der Assessor setzt sich wieder.

HAHNRIEDER. Hochgeehrte Festversammlung!

LAMPL. Pst! Pst!

GRUBHOPER *schreiend.* Du bist ja a ganz Schlechter!

LAMPL. Herrgott, seid's amal staad!

SEDLMAIER. An Ruah geben!

LAMPL. Der Hahnriader will reden. Pst. *Es wird ruhig.*

FRAU NEUSIGL *im Gespräche fortfahrend zu Häberlein.* Und dann essen Sie morgen einen recht stark gesalzenen Hering.

HÄBERLEIN. Wa ... warum?

FRAU NEUSIGL. Ich mein bloß.

LAMPL. Pst!

HAHNRIEDER. Meine Herren! Kameraden! Oha, jetzt waar i beinah in mei Veteranared neikemma. Hochgeehrte Festversammlung! Wir haben mit geziemenden Worten gefeiert den wohlgeborenen Herrn Peter Neusigl von hier. Wir müssen uns jetzt nach wem andern umschauen, wo noch nicht gefeiert worden ist. Wenn ich so im Kreise herumschaue, dann sehe ich jemand, der kann's nicht erwarten, daß ich ihn nenne.

BEZIRKSAMTMANN *räuspert sich heftig; indigniert zum Assessor.* Nachdem Sie doch einmal das Wort hatten ...

ASSESSOR. Pardon! Ich ...

LAMPL. Pst! Pst!

HAHNRIEDER *fortfahrend.* Es gibt jemand, der hat schon Angst, daß wir ihn vergessen, und er zappelt mit den Füßen vor lauter Ungeduld ...

FRAU BEZIRKSAMTMANN. Gratuliere, Heinrich!

ASSESSOR. Fabelhafte Taktlosigkeit! *Bezirksamtmann rückt sehr unruhig auf seinem Sessel.*

LAMPL. Pst!

HAHNRIEDER. Er zappelt mit den Füßen und kann es nicht erwarten. Und wen meine ich? *Sieht spaßhaft im Kreise herum.* Wen habe ich auf der Latten? Den, wo ich anblinzle, der ist es ... es ist ... es ist unsere Frau ... Frau ... die Frau Neusigl ist es.

Der Bezirksamtmann, der Assessor und die Frau Bezirksamtmann sehen sich bedeutungsvoll an und zucken die Achseln. Die andern lachen.

ASSESSOR. Man erlebt immer eine neue Überraschung.

FRAU BEZIRKSAMTMANN. Das ist stark.

LAMPL. Pst!

HAHNRIEDER. Wir müssen sie loben, wenn es ihrem Peter auch schon nicht recht ist, weil er meint, sie wird ihm zu stolz. Aber er hat eine Medaille gekriegt, da muß sie wenigstens eine ehrenvolle Erwähnung kriegen. *Starkes Lachen.*

FRAU NEUSIGL. Aber Herr Hahnrieder, Sie sind einer!

HAHNRIEDER. Wenn sie nicht so auf ihn aufgeschaut hätte, dann hätte er seinen Dienst nicht so lange machen können ...

NEUSIGL. Das ist wahr!

HAHNRIEDER. Sie hat ihrem herzallerliebsten Peter gut aufgekocht, daß er nicht von der Kraft gekommen ist. *Frau Neusigl zieht wieder ihr Taschentuch hervor.* Sie hat ihn mit

Liebe gepflegt, aber auch mit Strenge, wenn er zu spät heimgekommen ist. Ich will nichts verraten, aber der, den wo es angeht, der wird es schon wissen. *Starkes Lachen.*

FRAU NEUSIGL *steckt das Taschentuch wieder ein.* Nein, Sie sind einer!

HAHNRIEDER. Und in der Früh, da hat sie ihn rechtzeitig fortgeschickt, wenn es ihn auch gar nicht gefreut hat, weil er im Bett hätt bleiben mögen, ich weiß schon warum. *Sehr starkes Lachen.*

FRAU NEUSIGL. Na, so was!

NEUSIGL. Des is a Tropfenberger!

HÄBERLEIN *singt lallend mit Hätscher.*

> Das ist die Liebe, hupp!
>
> Das ist die Liebe,
>
> Das ist die Liebe ... lie ... lie, hupp

LAMPL. Pst! Staad sei!

HAHNRIEDER. Darum, weil sie eine richtige Köchin ist, hat sie dem Peter das Leben nicht versalzen, aber sie hat ihm auch nicht zu viele Süßigkeiten der Liebe gegeben. *Lachen.* Durch dieses rufen wir am heutigen Freidentage: Die Frau Neusigl soll leben hoch! hoch! hoch! *Mit gedämpfter Stimme.* Hoch! *Bezirksamtmann, seine Frau und der Assessor bleiben sitzen. Die übrigen drängen sich lachend und lärmend um die Eheleute Neusigl und stoßen an.*

LAMPL. Gel, Frau Neusigl, der hat's Eahna g'sagt?

SEDLMAIER. Auweh, Peter! Der hat di aufbracht.

FRAU NEUSIGL. Nein, eine solchene Verlegenheit, Sie sin einer! Da hört sich alles auf.

HAHNRIEDER. Is ja alles wahr, was i g'sagt hab', gel, Peter?

NEUSIGL. No, a bisserl was is scho dro.

FRAU NEUSIGL. Schamst dich nicht, so was zum sagen?

HÄBERLEIN *singend.* Das ist die Liebe, Lie ... liebe, hupp! *Die Gäste setzen sich nieder.*

LAMPL. Siehgst, Hahnrieder, du bist a solches Viech, aba grad koa G'schäft ko ma mit dir macha.

HAHNRIEDER. Wann i recht dumm waar, gang's leichter, moanst. Gel?

LAMPL. Allerdings; aba gar z' g'sdheidt is aa nix. Mit dem Viechhandel derfst hoamgeh.

HAHNRIEDER. Des druckt di halt, han?

LAMPL. Is ja wohr! Vierz'g Pfenning! Achtadreiß'g waar aa no a Wort, aba vierzig, des is ja narrisch. Paß auf, Hahnriader, weil ma so schön beinand san, schlagst ei. Achtadreiß'g, nacha g'hört 's Kaibi mei; werd nix mehr g'redt. Also, gelt scho?

HAHNRIEDER. I mog it.

LAMPL. Des reut di, so lang als d' lebst.

HAHNRIEDER. Vo mir aus. I mog halt net.

LAMPL. Also is nix. Aba deswegen sag i do, daß dei Red schö war, gelten S', Herr Bezirksamtmann?

BEZIRKSAMTMANN. Ich bin im allgemeinen kein Freund von solchen Späßchen.

ASSESSOR. In Gegenwart von Damen würden solche neckische Andeutungen besser unterbleiben.

FRAU BEZIRKSAMTMANN. Mich wundert heute gar nichts mehr.

LAMPL. Ja, was waar denn dös? Des is ja bloß lusti, und is ganz was Natürlichs, daß ma verheirate Leut a bissel aufzwickt.

ASSESSOR. Das ist Ansichtssache.

LAMPL. Eahna Vorfahrer, der Herr Assessa Nagel, war net a so. Dem is a Witz net leicht scharf gnua g'wen.

BEZIRKSAMTMANN. Der Herr Kollega Nagel, welcher jetzt Bezirksamtmann in Dingelstetten ist?

LAMPL. Ja. Herrschaft, hat der G'schichterln erzählen kinna. De war'n pfeffert!

BEZIRKSAMTMANN. Er hat sich im hiesigen Distrikte sehr eifrig für die Moorkultur interessiert und manches Gute geschaffen.

LAMPL. Des is a lustiger Herr g'wen. Wann i denk, was der für G'schichterln g'wißt hat!

BEZIRKSAMTMANN. Die Birkenpflanzungen im Gräbenried sind sein Werk.

LAMPL. Der hat Sachen erzählt, daß ma si glei bucklat hat lachen müaßen. Amal hat er was zum Besten geben, wart! Wia is jetzt des g'wesen? Ja, so hat's g'hoaßen:

Reiseerlebnisse eines Flohes.

Ha! Ha! Ha! Des is a saftige G'schicht! Ha! Ha! Ha! Des muaß i Eahna verzählen. Ha! Ha! *Lacht so unbändig, daß er nicht zusammenhängend sprechen kann.*

BEZIRKSAMTMANN. Die Gräbenrieder Kultur ist ein deutlicher Beweis dafür, wie nützlich die Birke ...

LAMPL. Also da is amal a Floh g'wesen; haha! ha! Der ... ha, ha, ha! der is auf seiner Wanderschaft auf an Platz kemma, ha, ha! wo's eahm ausnehmend guat g'fallen hat. Der is ... ha, ha, ha ... der is ... ha, ha! Wo moanen S', daß der g'wen is?

BEZIRKSAMTMANN. Erzählen Sie mir die Geschichte auf meinem Bureau, Herr Lampl.

LAMPL. Warum denn? Koa jung's Mädel is ja net do.

BEZIRKSAMTMANN. Ich ersuche Sie wirklich ...

LAMPL. Derf's d' Frau Gemahlin net hören? No, vo mir aus. Aba ha, ha, ha! Wissen tuat sie's guat, des Platzerl, ha, ha, ha!

FRAU BEZIRKSAMTMANN *wütend.* Erfordert die Staatsräson, daß dieses Volksfest noch lange dauert?

BEZIRKSAMTMANN. Nur keinen Eklat, wegen der paar Minuten!

FRAU BEZIRKSAMTMANN. Ich habe es satt! Ich bleibe nicht mehr.

BEZIRKSAMTMANN. Babette!

LAMPL. Des is schad, daß i de G'schicht net erzählen derf. Was der Floh alles derlebt hat, ha, ha!

BEZIRKSAMTMANN. Babette!

BABETTE. Ja, gnä Herr!

BEZIRKSAMTMANN. Fragen Sie beim Postbräu nach, ob Herr Regierungsdirektor Steinbeißel schon eingetroffen ist.

BABETTE. Ja, gnä Herr!

FRAU BEZIRKSAMTMANN. Aber eilen Sie!

Babette ab. Die Unterhaltung wird auch am unteren Tischende lebhafter.

SEDLMAIER. Gruabhofer und Merkl, ös müaßts mit anand o'stoßen. Gebt's nach!

MERKL. I mog it.

HAHNRIEDER. Der Streit hat koan Wert. Es is bloß a Spaß g'wen.

MERKL. I mog it, sag i.

GRUBHOFER. Du brauchst scho net mögen. Paß auf, des hast net umasunst g'sagt, daß mir insere Deanstboten nix z' essen geben.

MERKL. Is dir in Sünzhausen scho amal oaner was schuldi blieben?

GRUBHOFER. Des mach i advikatisch.

MERKL. Vo mir aus, daß d'as woaßt, du ganz Schlechter!

GRUBHOFER *schlägt bei jedem dritten Wort mit der Hand auf den Tisch.* Wos hast g'sagt? Wos bin i! Wo steht des, daß du des sag'n derfst? Des muaßt du aufweisen.

HAHNRIEDER. Jetzt bist aber staad! Was waar denn des? Du bist do net im Wirtshaus!

GRUBHOFER. Wos braucht denn er mi ...

SEDLMAIER. Ganz staad seid's, alle zwoa! Schamt's enk do!

FRAU NEUSIGL. Geh, sind's doch ruhig, Herr Merkl!

NEUSIGL. An mein Jubiläum werd's do net raffen!

FRAU NEUSIGL. Was sagt denn der Herr Bezirksamtmann! Und erst sei Frau! Ma sieht's ihr an, wie arg ihr des is, daß unser schönes Fest g'stört wird.

HAHNRIEDER. Es is jetzt scho wieder guat. Jetzt kummt nix mehr vor.

FRAU NEUSIGL. Hoffentlich! Du, Peter, ich setz mich ein bissel zu der Frau Bezirksamtmann nunter, daß sie doch eine Ansprache hat!

NEUSIGL. Freili, da hast ganz recht. *Frau Neusigl nimmt ihren Stuhl und stellt ihn zwischen den Bezirksamtmann, und seine Frau, macht einen Knicks und setzt sich dann.*

FRAU NEUSIGL. Mit Erlaubnis!

LAMPL. Je, d' Frau Neusigl. Kemmen S' zu uns rauf?

FRAU NEUSIGL. Ich muß mich doch ein bissel umschauen.

LAMPL. Uns geht's guat. Ich hätt beinah a G'schicht verzählt von an Floh. Aba der Herr Assessa derf s' net hören. Der kunnt verdorben werden.

FRAU NEUSIGL. Das wird wieder was sein. Is scho besser, wenn Sie's nicht erzählen.

LAMPL. Hamm S' a kloane Ahnung?

FRAU NEUSIGL. Man kennt die Herren schon, wenn s' einmal lustig sind. Wissen S', Frau Bezirksamtmann, da sind alle Herren gleich. Sie werden auch schon die Erfahrung gemacht haben.

LAMPL. Ui jegerl! D' Weiberleut bal alloa beinand san, da wer'n aa net lauter Rosenkränz bet'.

FRAU NEUSIGL. Solchene Geschichten werden unter uns Damen doch schon nicht erzählt.

LAMPL. Sie san a guat's Hascherl. Aba Sie hamm ja an Peter alloa da drunt lassen! Der werd glei 's Woana ofanga.

FRAU NEUSIGL. Der kann's oft länger ohne mich aushalten.

LAMPL. Na, na! Glei gehst rauf, Peter! Da sitz di neben mir her!

NEUSIGL. Wenn's erlaubt is. *Er steht auf und stellt seinen Stuhl zwischen Bezirksamtmann und Lampl.*

BEZIRKSAMTMANN. Hier wird Herr Regierungsdirektor sitzen.

LAMPL. Lassen S' nur mi arranschieren, Herr Bezirksamtmann. Unsern Jubilar müassen mir da hamm. Do sitz di her!

NEUSIGL. Aba ...

LAMPL. Net lang reden, sag i.

BEZIRKSAMTMANN. Einen Moment können Sie Platz nehmen. *Neusigl setzt sich.*

FRAU NEUSIGL. Nein, wie uns das freut, daß Sie einen solchenen Anteil an uns nehmen, Frau Bezirksamtmann, das ist gar nicht zum Sagen.

FRAU BEZIRKSAMTMANN. Wo bleibt Babette so lang?

BEZIRKSAMTMANN. Sie könnte schon da sein.

FRAU NEUSIGL. Das Mahl ist sehr gelungen. Gekocht war ausgezeichnet. Besonders die Gans war sehr mürb.

NEUSIGL. Ja, diese Ehrung! Des is scho großartig! Des tat net a jeder!

FRAU NEUSIGL. Und wissen S', Frau Bezirksamtmann, es is ja auch wegen die Leut. Man wird ganz anderst ästimiert. Erst gestern hat die Kaufmann Liegel g'sagt: »O mein«, sagt sie, »was ist denn auch dabei? Er kriegt halt,« hat sie gesagt, »so eine silberne Medaille angehängt, die, wo«, sagt sie, »höchstens fünf Mark wert ist. Wenn sie ihm zwanzig Mark bar geben täten, könnt er sich wenigstens eine Hosen kaufen.« Die Leut verstehen das gar nicht so; die denken ganz anders wie unsereins. Jaja. –

FRAU BEZIRKSAMTMANN. Wo bleibt dieses faule Frauenzimmer?

NEUSIGL. Ma muaß sagen, was recht is. I hab scho viel Vorg'setzte g'habt, aba über'n Herrn Kranzeder steht nix auf.

LAMPL. Bist z'frieden damit?

NEUSIGL. Um des wird unseroaner net g'fragt. Des woaß i scho. Aba des derfst mir glauben, es gibt net viel, die wo das Talent haben von unsern Herrn Bezirksamtmann. Und wer tat des glei, daß er unseroan so ehren möcht?

LAMPL. Der Herr Bezirksamtmann werd halt mit dir aa z'frieden sei, net?

NEUSIGL. Allerdings, aba da gibt's viele, die wo des net so achten.

FRAU NEUSIGL. Du mußt nicht so bescheiden sein, Peter. Wissen S', Frau Bezirksamtmann, mein Mann ist schrecklich, was das anbelangt. Erst vor acht Täg hab ich mich wieder ärgern müssen. Da ist der Marktschreiber mit seiner Frau in die Kirch gangen. Die hat gar nicht gewußt, wie sie sich drehen muß, weil sie einen neuen Hut aufgehabt hat; eine Feder, so lang. *Zeigt es.* Was tut mein Peter? Steht er nicht auf und macht der Person Platz?

Babette tritt herein.

FRAU BEZIRKSAMTMANN *wütend.* Endlich kommen Sie einmal! Wo stecken Sie?

BEZIRKSAMTMANN. Ist Herr Regierungsdirektor schon hier?

FRAU BEZIRKSAMTMANN. Reden Sie doch!

BABETTE. Eine schöne Empfehlung vom Herrn Posthalter, und er weiß gar nichts. Es ist niemand da.

BEZIRKSAMTMANN. Das verstehe ich nicht. Es ist drei Uhr durch.

BABETTE. Vielleicht ist er beim Neuwirt?

BEZIRKSAMTMANN. Nein, das ist ausgeschlossen. Nun weiß ich nicht, wie ich daran bin.

FRAU BEZIRKSAMTMANN. Das ist doch sehr einfach. Wir verlängern das Fest; es ist ja so nett.

LAMPL. Des is a Wort. Wenn der Herr kimmt, is recht; wenn er net kimmt, is aa gleich. Mir bleiben beinand.

FRAU NEUSIGL. Und sind recht gemütlich. *Babette ab.*

NEUSIGL. Machen S' Eahna nix draus, Herr Bezirksamtmann. Es is ja schö, daß Sie so an hohen Herrn zu meiner Ehrung herb'stellt hamm. I nimm's als empfangen.

FRAU BEZIRKSAMTMANN. Siehst du, Heinrich.

BEZIRKSAMTMANN. Eine Viertelstunde warte ich noch. Meinst du nicht?

FRAU BEZIRKSAMTMANN. Du hast meinen Rat nicht gewünscht.

FRAU NEUSIGL. Wo bin ich stehen blieben? Ja, bei der Frau Marktschreiber. Denken Sie Ihnen nur, mein Mann geht aus dem Betstuhl heraus und macht der Person Platz. Ich hab zu ihm gesagt, wie kannst du so was tun? Was ist denn der Herr Marktschreiber? hab ich gesagt. Ein Gemeindebeamter ist er halt. Was sollen die Leut denken, Frau Bezirksamtmann, wenn mir als Staatsbeamte solchene Leute vorlassen? Und besonders wegen so einer Person! Einen Hut hat sie aufgehabt, sag ich Ihnen ...

HÄBERLEIN *klopft heftig an das Glas.* Si ... Si ... Silentium!

SEDLMAIER. Je, der Herr Lehrer!

HÄBERLEIN. Ho ... hochgeehrte Versamm ... Versammlerung! Lie ... liebe Chr ... Christengemeinde! *Häberlein hat sich hinter seinen Stuhl gestellt, den er krampfhaft festhält. Dabei wackelt er stark und hat Mühe, stehen zu bleiben.* Wi ... wir haben noch ei ... ne Pf ... Pf ... Pflicht zu erfüllen. Es gi ... gibt ein S ... S ... Sprichwort, da ... da ... das heißt: Beim Br ...Br.. Braten gedenkt man d ... der Hau ... Hausfrau .... Ja ... haben wir an die Hau ... Hausfrau gedenkt? O ... ho ... ho ... o nein! Und we ... wenn wir es ni ... nicht bald tun, wa ... was wird s ... sich de ... der ho ... ho ... hochwürdige Ge ... Gemahl denken? *Unbändiges Lachen.*

LAMPL *ruft.* Aba Herr Lehrer!

BEZIRKSAMTMANN *sehr zornig.* Herr Häberlein, ich wundere mich über Ihr Benehmen.

ASSESSOR. Es ist skandalös.

LAMPL. Herr Bezirksamtmann, lassen S' 'n, er versteht Eahna do nimmer.

HÄBERLEIN. Also ha ... haben wir es ge ... gehört, der He ... Herr Bez ... Bez ... Bezirksamtmann wu ... wundert sich schon. Und wa ... warum s ... sollen wir sei ... seine Ge ... Gemahlin nicht feiern? Ist sie ni ... nicht ein l ... lebendiges Bei ... Beispiel für da ... das Wort: Ju ... Jugend vergeht, Tu ... Tugend besteht?

BEZIRKSAMTMANN. Ich kann das nicht länger dulden.

FRAU BEZIRKSAMTMANN *gleichzeitig aufspringend.* Eine Infamie!

LAMPL. Niedersetzen, Häberlein!

HÄBERLEIN. Wa ... warum? *Sedlmaier drückt ihn auf seinen Stuhl nieder. Allgemeiner Tumult.*

MERKL *schreiend zu Grubhofer.* Du ganz schlechter Kerl! Du Haderlump!

GRUBHOFER *noch lauter.* Wos? *Grubhofer faßt Merkl an die Kehle. Merkl schlägt auf Grubhofer los.*

GRUBHOFER. Hob i, du Herrgottsbazi!

MERKL. Sag's no amal! *Schlägt.* Do hast was? Und do hast was!

NEUSIGL, HAHNRIEDER, SEDLMAIER, LAMPL *schreiend.* Aufhören! Auslassen! Merkl! Schamt's Enk! Gruabhofer!

Im Geraufe fällt der Tisch um.

FRAU NEUSIGL. Jesses! Jesses Mariand Josef! Unser Fest! Unser Fest!

FRAU BEZIRKSAMTMANN *wütend zu ihrem Mann, der ratlos dasteht.* Da hast du die Quittung für deine ... deine Dummheit! Willst du dir nicht einen Prügel holen? Herr Assessor Ihren Arm! *Sie will mit dem Assessor rasch hinaus. In diesem Augenblick wird die Türe aufgerissen.*

BABETTE *ruft herein.* Der Herr Direktor ist da!

Regierungsdirektor Steinbeißel, ein streng aussehender Herr, tritt ein und blickt erstaunt auf die Balgerei.

REGIERUNGSDIREKTOR STEINBEISSEL. Was ist das? Was soll das heißen?

BEZIRKSAMTMANN *stotternd.* Ich ... Ich habe im Sinne seiner Exzellenz zu ... zu handeln geglaubt ... und die allerhöchste Verleihung der Verdienstmedaille durch eine ... äh ... entsprechende ... äh ... Festlichkeit begangen.

REGIERUNGSDIREKTOR STEINBEISSEL *sehr gedehnt.* Soo?

Vorhang